1. (P. anterior): Edison aos 16 anos, Fazenda Bálsamo, Frutal, MG, 1957.

PRESENTE

Dados Internacionais de Catalogação na Publicação (CIP)
(Câmara Brasileira do Livro, SP, Brasil)

Ribeiro, Ésio Macedo
Presente / Ésio Macedo Ribeiro. -- 1. ed. --
Cotia, SP : Ateliê Editorial, 2021.

ISBN 978-65-5580-039-5

1. Poesia brasileira I. Título.

21-69372 CDD-B869.1

Índices para catálogo sistemático:

1. Poesia : Literatura brasileira B869.1

Aline Graziele Benitez - Bibliotecária - CRB-1/3129

Ateliê Editorial
Estrada da Aldeia de Carapicuíba, 897
06709-300 – Granja Viana – Cotia – SP
Tel.: (11) 4702-5915
www.atelie.com.br | contato@atelie.com.br
facebook.com.br/atelieeditorial | blog.atelie.com.br

Printed in Brazil 2021
Foi feito depósito legal

PRESENTE

ésio macedo ribeiro

Æ
Ateliê Editorial

À memória de meu pai,

Edison Garcia Ribeiro.

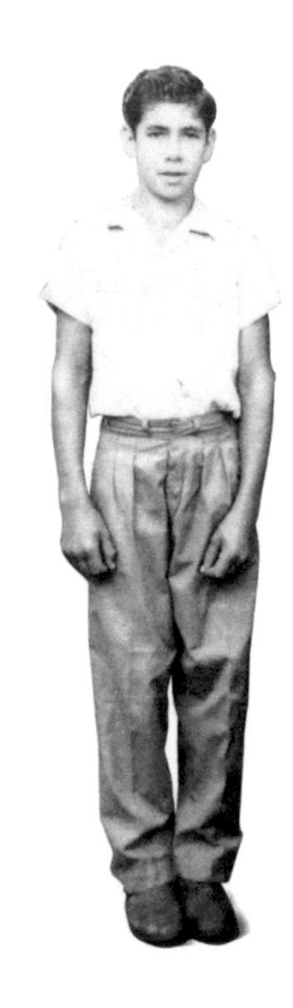

2. (P. anterior): Edison aos 13 anos,1954.

Volta que eu te cuido e não te deixo morrer nunca.

Caio Fernando Abreu

SUMÁRIO

3. (P. anterior): Edison na Fazenda Fortaleza, Padre Bernardo, GO, 2014.

PRIMEIRO PASSO DEPOIS DE ALGUMA COISA

Em 27 de novembro de 2015, num quarto do Palmer Hotel, em Chicago, minha vida virou do avesso com a notícia da morte do meu pai no Brasil.

No mesmo dia, tomado por uma vertigem, comecei a expurgar toda a dor que eu sentia, escrevendo poemas em sua lembrança.

Sabia que dali para frente nada seria como antes. Dezembro foi um mês de choro e de escrita ininterruptos.

Estes poemas foram, portanto, escritos no calor da emoção. Depois, trabalhados à exaustão no tempero da lucidez.

Que eles lhes provoquem o riso, a lágrima e, sobretudo, uma reflexão sobre o bicho esquisito chamado MORTE.

Por alegrias que tivemos. Por tristezas que tivemos. Pela VIDA que nos foi dada. Não podia deixar que seus dias por aqui morressem com ele.

Entrem! A porteira está aberta.

4. (P. anterior): Entrada da Fazenda Fortaleza, 2016.

PRESENTE

01.

Hoje, logo cedo, uma notícia alastrou-se
feito furacão, morte de 500
terremoto de 8 graus na escala Richter.
Notícia fora de hora.
Dura, intratável: o cacto de Bandeira:
Edison Garcia Ribeiro fechou suas datas:
☆ 05/02/1941 – † 27/11/2015.

Atravessou mais de 8000 km
e, fera na arena, pulou sobre mim.
De longe, de tão longe, afoita
abraçou-me num golpe quase mortal.
Perdi os pés, a cabeça mareada.

George, numa cadeira de rodas
puxava-me para a terra, para si.
O fio ficou elástico, ioiô, gangorra...

Hoje, logo cedo, meu dia deu em escuro.
A boca, estúpida, deu um grito: Pai!

A dor, alguém pode desenhá-la?

Chicago, 27 nov. 2015.

02.

A dor vem da memória
e desanda corpo afora
sem diagnóstico nem doutor que possa tratar.
Desalinha cabelos
avermelha olhos
dilacera fígado
dá nó no estômago.

De vez em quando
rodam filmes de tempos remotos
vem grito
vem choro
desmontando-me quando
a saudade destempera.

A memória é fruto da dor
do sentimento da desolação
tudo vai se apequenando
infiltrando-se nas veias em extremado alvoroço.

A memória é maior do que o corpo
sem ela nem lembrança de que o fim acontecera
a lembrança mata pouco a pouco a memória
da lembrança da alma daquele corpo.

O pai sem a *anima*
é o que mais me vem
à memória rebobinada
como até então não o fazia.

(Sucumbo no medo de feri-lo com meu choro.)

E vejo — torrente de alegria —
a forma do meu próprio corpo
o corpo de que ele foi um dos criadores
sem dono sem sono
revelar o que não quero ver dormir
o que está acordado em mim
e o que não quer mais despertar.

— Acorda, pai, responde!
Onde foi que nos perdemos no bonde?
Por acaso foi no fim da estrada
em que já desenho novas pegadas?

Chicago, 28 nov. 2015.

03.

Olhou para a palma da mão
esquerda e viu o fim próximo
uma viagem ao Nordeste
outra a São Paulo e Minas Gerais
mais duas pescarias com os amigos
em Mato Grosso.

As dores dilacerantes
as guardava em armário baixo
às vezes elas transbordavam
e atingiam todos nós.

Comeu tudo o que desejou:
polenta com carne e pequi bem temperado
no café da manhã
arroz na gordura de porco, cabrito assado, salada de alface
arrematados com muito abacaxi
no almoço às onze horas
jantar: o mesmo do almoço
e pedaços de rosca bolo torta
ou o que mais a mulher tivesse feito
depois, cama
sempre estirado nela até dormir.

Viu todos os jogos de futebol
deleitava-se com o seu Santos
viu todos os noticiários
criticou o governo
previu que choveria pouco no próximo ano
sabia o tempo da terra, meu pai.

Do caçador do passado
sobrou um troféu na parede.
Alimentou animais
viu seus cabritos serem comidos pelas onças
e inundou
o chão de sua fazenda de passarinhos
todas as madrugadas e manhãs.

(Lembro-me dele segurando a cabeça do pai
no leito de morte
nunca me esqueci da morte do meu avô.)

Dono de notório saber
estudou pouco
mas leu, compreendeu e assimilou
como poucos
os meandros da vida e
seus simulacros
visão política rara
senso de justiça absoluto
se precisassem dele
logo chegava
ajudou muita gente, meu pai.

Era bruto com os pés
suas unhas cresciam e o feriam
cortava-as, nos cantos
a canivete
até sangrar
e ria, demoníaco, mandando a dor embora.

Teve malária três vezes
alguns acidentes de carro
sequestrado uma vez
inúmeras buscando pão para casa
estropiado sempre, mas feliz
um homem feliz, meu pai.

Tanto dele para lembrar
quero ir lembrando bem devagarinho
para a saudade não fazer barulho nem doer tanto.

Chicago, 29 nov. 2015.

04.

Hoje a mulher lavou as últimas peças de roupa que
o marido usou antes
de ir-se para o nunca mais
lavou-as como as lavou sempre
pôs nelas aquele amor que se põe
naquilo que cobre o que se ama
tirou a sujeira, o suor, o sal
pôs amaciante para manter-lhes as fibras
amanhã irá passá-las
dobrá-las
guardá-las
e esperar o sábado o domingo
(os dias dele, com ele)
mais outro sábado
mais um domingo
até que o esperar se torne
o esperado
e quando isto se der
haverá outro alguém
para dar continuidade
à lavagem das roupas
ao esperar
o sábado
o domingo...

Chicago, 2 dez. 2015.

05.

Quando ficávamos só eu, ele e minha mãe
deitávamos os três
e ficávamos conversando com a tevê ligada.

Às vezes, eu passava as mãos nas pernas da minha mãe
enquanto olhava os peitos flácidos
e os pelos embranquecidos do meu pai.

Minha mãe dizia:
— Põe esta almofada nas suas costas, filho
ficando sem nada para proteger as dela.

Era bonito nós três ali
sem nada para cumprir
sem nada para incomodar.

Meu pai fumava um cigarro de palha
e eu sempre a repetir: Com este cheiro não
há demônio que nos atinja aqui!

Às vezes, ele e minha mãe
entre uma conversa e outra
dormiam
eu ficava vendo-os, quietinho, velando seus sonos.

De repente acordavam e nós ríamos
e falávamos de coisas bonitas
coisas que nos faziam encontrar a alegria.

Daí eles voltavam a dormir
eu os cobria
desligava a tevê
deixava a porta encostada
por causa do calor do meu pai
e ia para o quarto
buscar outros sonhos.

Chicago, 2 dez. 2015.

As linhas brancas do dia
esbarram nas negras da noite
deita-se com o sono preso no desconexo
e o sonho não vem mais
são sombras boas
mas não há arremates
se o destino lhe impõe o seco
melhor se vestir com arremedos de cores e folias
nas linhas brancas do dia
nas ancas negras da noite
no espaldar da calmaria
nem surdo nem cego nem do avesso
merece um trago quem manda um beijo
se bem que a folha verde do seu combate
é bem maior do que o que o mata
o que não é de todo bom
mas remedeia o seu cismar
ainda que o sonho irrompa
tampe o nariz e afunde nas linhas
da noite do dia
negro-brancas anunciando a ventania.

Chicago, 3 dez. 2015.

07.

Anunciaram no portão
que dali ele não passaria
meu irmão rolou na grama
minha irmã desmaiou
da boca da minha mãe um ai.

Se me dessem três dias
eu teria tirado meu pai da condição de morto.

Se me dessem três dias
ele ainda estaria aqui
festejando conosco.

Se me dessem três dias
eu daria outra vida
por tempo indeterminado
ao morto.

Não me deram
em vez disso
tiraram-me do caminho
puseram-me de castigo.

Roubaram três dias de mim
e quando me permitiram dar um passo
o dia já ia alto
com flores sobre
o morto
mais lágrimas e choros.

Só três dias eu pedi
era o tempo da vida
do que eu não queria morto.

Na correria
no tecer do porquê de não terem me dado
três dias
três dias bastantes
para outro tempo
promessa de algo belo
fluido e feliz
esvaziei-me em letargia.

E eu
ausente
não vi o morto
nem ninguém
e faz escuro como a asa da graúna.

Chicago, 15 dez. 2015.

08.

As coisas que meu pai deixou
são fortes
grandes e pesadas.

Se fossem diferentes
não ilustrariam meus caminhos
para outra eternidade.

E quando a lembrança delas
for mais longe que os meus passos
não pedirei arrego e darei um imenso trago
no cigarro de palha que ele deixou
assim afastarei o mal
de mim.

Mas eu e meu pai
mas meu pai e eu
nunca mais.

Chicago, 15 dez. 2015.

09.

A dor que deveras sinto
é dessas que embrutecem homens
que fornecem resíduos para
os que ficam sem firmamento.

Embora tendendo para o louco
esbarro no absconso
que opera em mim este ritmo de fazer barro
quando desconstruo o construído
e já não há mais casa.

Na anunciação do que sinto
se é que sinto o que sinto
como sinto que não perdi
o que não vi perder
sigo calmo — não há outro
jeito — mas sem sono
não durmo bem desde o dia
em que eles vieram
estorvando minha necessidade de dormir.

Esta é a dor que deveras sinto
de ainda ter o que já perdi
de sofrer chorando para só um ver
os outros não creem no quanto sofro
— a dor é minha
não a delego a ninguém
mas se culmina neste escrito
a coisa vai mais longe
do que eu fico.

Chicago, 19 dez. 2015.

10.

Sigo os passos do meu pai
voltando ao que já conheço:
ele indo e vindo para nós
para um novo recomeço
que não mais haverá
— sempre me esqueço —
mas a mente é pobre
não segue para o novo endereço
quando clama é que faço o mesmo
trajeto que ele fazia, trazendo sempre alegria
para os dias que não pediam ser de outro jeito.

Mas quando levo o passo
ao chão — que me aguarda para dentro de si —
levo um susto
(a mente não falha!)
o vejo andando ao nosso lado
chegando e saindo
nos mesmos dias
mostrando-nos na bússola
o novo norte.

Chicago, 21 dez. 2015.

11.

Não mais abraços longos
não mais olhares confusos
não mais desajeitamentos
nem olhares furtivos de gozo e alegria
nem mais chegares precipitados
de agonias várias
nem este pesar que toca o teto da casa
e desveste o invertido
não mais ele em mim
— perto agora só a saudade —
não mais o sorriso mágico
a comida mais gostosa na boca
o doce descendo pela garganta
espesso, raro, delicado
não mais ele em mim
não mais eu nele
desfigurou-se de mim
transfigurou-se em algo que não brota mais
que infertiliza a vida de quem fica
não mais ele em mim
tocando a minha vida como quem tocava uma sonata de Satie.
Cadê a boca que beijou minha mãe e me trouxe aqui
para ver perder o que me trouxe
sem deixar o que me compõe
o de que sou feito?
Não mais meu pai
não mais ele em mim, o meu herói
o meu amigo dos últimos anos
o meu tudo que transborda.
E eu escrevo coisas que me melhoram
(eu sou melhor quando exorto o que me agoniza)
desprendo de mim a aliança com o inefável
e trago para dentro de mim só o que me resta
este caco de vidro verde
que pede meu braço
que pede meu pescoço

que pede meu abdômen
estático, não mexo no doce do medo e da morte
sou mais quando fico mudo
escrevo e mudo a mudez que me fere a fala
é um descaso, eu não penso, eu não peço
a música e a literatura me salvam! deus manda! tomo uma garrafa de vinho e tudo fica rodando em volta de mim, a minha saudade rodando em volta de mim, como numa roda gigante, e eu não tenho medo de subir até lá no alto e olhar para baixo, eu não me entendo neste ser de hoje que está com o pé manco. a gente fica manco quando perde quem a gente ama. a gente fica esquisito quando perde quem a gente viu a vida inteira junto sem se perder. Argumento para novo sol. Aqui não tem.

Um dia vai ter de novo.
A gente tem esperança
a gente quer abraçar todo mundo
a gente sou eu mesmo
você é o outro
o que eu não toco, mas queria tocar
o que flerta comigo no escuro
e translumina a minha vida para outros arrabaldes
eu venho de um anjo que foi embora me deixando
eu venho dele, que abre as asas e sobe à mais alta árvore
brinca comigo como se se eu o ferisse fosse morrer também
queria abraçá-lo uma vez mais
dizer tudo o que eu penso dele
que era especial dentro de suas possibilidades
que ensinou-me tudo sobre as religiões
que postou na minha caixa de vida
todas as suas ânsias e desejos
eu pesquei com ele quando eu não pesquei com ele
eu viajei com ele quando eu não viajei com ele
eu estive em seus movimentos da fazenda
quando eu não estive em seus movimentos da fazenda
eu procurei estar com ele todo o tempo do meu tempo incluído

alegria e amor
eu estive com ele menos do que eu queria
e mais do que eu podia
eu não fiz desfeita.

Mas não estive com ele no suspiro do fim.

Chicago, 27 dez. 2015.

12.

Hoje faz um mês
que meu pai
depois do regozijo da última
refeição
viu a dor tomar
seu coração
dilacerando-lhe o
peito
e a vida.

Chicago, 27 dez. 2015.

13.

Meu pai nunca cruzou
o oceano
era homem de rio riacho ribeirão córrego.
Pescava alegrias por onde passava.

Nunca fazia negócio com crentes
não acreditava no poder do "sim" deles
negócio era do seu jeito.
Bezerro na barriga:
Dois mil.
Diziam estar caro, respondia:
"De jeito nenhum, estou fazendo para servi-lo!"

Chicago, 30 dez. 2015.

14.

Trocar de vida com a vida
ávido de sua demora
sobressaltar o espaço que sobra
para ver quão doce é o arremesso
nem medir bem pode a dor
de um sem juízo
se nas esquinas dos riscos
desencadeiam-se luzes
e os espaços se aboletam
na mesmice do inusitado
entre profusões de delitos
distante do que mais ama
ignora os dias que passam na frente
faz vista grossa para o sol e a lua
deleta os atropelos
que lhe fazem doer as pernas
pelo não fazer nada de que se gosta
bom mesmo é quando do outro lado
o almejado, num sem juízo
desce
sobre
tudo
e não põe reparo
se lhe dão um copo d'água, bebe
se não há cama, chão
se não há nada, inventa
assim, na justa troca
encontra com os mesmos pretendentes
e antes que a chuva caia
num ritmo atropelado
deixa sangrar o corpo, purificado.

Madrugada, Chicago, 3 jan. 2016.

15.

Na vida só tem vida leve
quem anda reto
tentar desvios é arriscado
só é preciso um deslize
para ir ao chão
não precisa nem ter orçamento.

A conta é pouca
para quem tem olhos abertos
e alta
se não se têm filhos certos.

Antes a água fria da fonte
que os buritis guardam
com dentes e unhas
ela vai aliviar-te da necessidade
e ainda a vista afinará seus olhos
incrementando esta vida de que se fala.

Chicago, 10 jan. 2016.

16.

Meu pai me trazia a poesia da natureza
um cipó que não quis tocar o chão
e voltou a subir
uma pedra com forma de bicho
que deciframos juntos
casa de marimbondos de barro
bonita que é um acinte
caixa de marimbondos de papel machê
como a que vi no Museu de História Natural de Londres
um imenso jatobá
que sempre chacoalho para espantar o mal
um ninho de passarinho
uma pedra para limpar ouro.

Meu pai me dava a não serventia da poesia
eu me agarrava a ele
como quem crê em Cristo
— nós não críamos!
Seguíamos assim
ele me contando histórias de pessoas
de viagens
tolerando a minha ignorância
de menino que deixou o campo
e foi para a cidade.

Meu pai ignorava que eu jamais tinha
saído do campo
eu nunca disse para ele
deixei-o ir sem saber disso
eu não quis nunca saber mais do que meu pai
queria tudo por igual.

Até no jeito de morrer
meu pai nunca deixou de me trazer poesia.

Chicago, 12 jan. 2016.

17.

A morte veio cheia de estridências
desaplicando facilidades
instituindo o desavim
portando desafetos vários
para com todos os que ficaram.

Reinscreve-se naquilo que morre.
Naquilo de que foi feito
no barro do edifício.

Vê o craquelê nas paredes
os alicerces cederem?

Nunca mais toco o chão.

Se esta morte foi certa
a aposta é que dure outra eternidade.

Chicago, 18 jan. 2016.

18.

Está muito bem!
Não sente mais dores
próstata em dia
o tumor sumiu
deixou de tomar o remédio para pressão
nem a dor de cabeça ou
a de estômago dão mais o ar de sua desgraça
quando as tinha, corria para
o litro de Cura-Tudo
comprado na feira de domingo
da praça do Bicalho
e tudo melhorava rapidinho.

Não precisa mais
pintar os cabelos
bigode e sobrancelhas.
Perdeu a vaidade?
Não! Mas não precisa mais dela.
Banho também não toma.
Ah, e o trabalho de cortar as unhas a canivete
aposentou unhas e canivete.

Tudo ficou mais fácil
não tem que comprar pagar negociar vender
viajar cumprimentar — principalmente quem não apreciava —
abraçar visitar chorar sorrir dirigir
— todos os sábados aqueles mais de 100 km —
tirar leite dar comida aos passarinhos.

Só não deixou de pescar
ah, isso não pôde
está lá na beira do rio Culuene
cumprindo outra temporada de pesca
mas como não precisa também comer
pega os peixes e solta
tudo é sem apegos de qualquer ordem.

De vez em quando ele entra nos sonhos
dos que amou
de uns dificulta a noite
malandro como ele só no gosto pelo malfeito
de outros os envolve em fios de luz e amor
e quando sente que a história
não ficaria completa sem ele
então aparece
há os que sentem e os que não sentem
vem como vento forte relâmpago chuva boa invernada.

Agora não sentimos mais as dores das dores dele
o homem que amamos.

Chicago, 7 fev. 2016.

19.

Chorei um mês inteiro sem falhar um dia
de emoção de tristeza de alegria
de emoção
ele foi antes do dia
de tristeza
não vou mais vê-lo
de alegria
seus feitos em minha vida.

Os olhos andaram em febre
o corpo cambaleante
pensava
perdi quem amei
bem no meio da longa estrada.

A mente tricotava
nos movimentos que ele fazia
lembrando tudo
pondo-me doido e perdido
o acaso não combinava com o que eu estava tendo.

Um mês inteiro
não fiz as necessidades de todo dia
desleixei
nada me animava.

Chorei um mês inteiro
sem falhar um dia
de emoção de tristeza de alegria.

Chicago, 10 fev. 2016.

20.

Onde há buritis
água
cupinzeiros
terra boa
pequizeiros floridos
ano bom de chuvas
pouca manga
ano difícil.

Peão é igual esteio de porteira
não prestou, vai ao mato, tira outro
e põe no lugar
quem ouve bem o outro vai mais longe
com crente nunca sai bom negócio
preguiçoso se conhece só pelo pegar de mão
bobo e estrada velha nunca acabam
banha de porco limpa as artérias
abacaxi é bom para digestão
e cortado na vertical
pra que todos provem o doce e o azedo
quem tirava o miolo da melancia
tinha a sua antipatia
palha de milho para pamonha
só as maiores
cana bem cortada era a sua
(para chuparmos, Alice e eu).

Ele foi-se daqui
e o mundo ainda caminha
sem sentido de retorno.

Chicago, 14 fev. 2016.

21.

Atravesso o ar dos espaços da casa
com os olhos
com as mãos
todos os sentidos
e não posso vê-lo.

Mas meus olhos são maiores do que eu mesmo
e passo a vê-lo todo ali
sentado nos lugares preferidos
com a cadeira na diagonal da sala de jantar
no sofá da sala de estar lendo jornais e revistas
vendo tevê na cama onde, muitas vezes, juntos, falamos
das coisas da vida
da família
dos homens bons
dos maus.

Ele na área da churrasqueira
com os legumes descascados
para as refeições
o cheiro do alho exalado de suas mãos macias
— as mãos que teciam para nossa vida
o fruto mais bonito
o alimento para o alto.

(Ainda agorinha, saí do meu quarto
pelo chamado da sua voz
— veio se despedir bem cedo
partindo para mais uma semana longe de nós.)

Ah, os sábados!
quando a buzina nos atraía para a porta
e nós saíamos com dentes revelados
para o abraço
depois, levávamos nos braços
o sortimento
de alegria para a vida que ele trazia.

Quando o espaço vem-me, sinto-o
feito alguém que sente as coisas boas
que chegam e ficam em nós
como as rugas
os cabelos brancos
a curvatura das costas pelo peso dos anos
a alegria de se saber amado.

Vou atravessando os espaços da casa
cheios da presença dele
e ela se movimenta e forma uma grande rede de vida
que vejo passar por mim
vida que está em mim como um facho.

A matéria dele é alegre e brilha
e é por isso que me mandou este inseto verde
é por isso que eu ouço mais longe
o passo que me leva
e vou deflagrando miríades de energia no espaço cósmico
das coisas que estão por aí
como este amor que nos redime até
o fim.

Casa da família, Brasília, 25 fev. 2016.

22.

Passa por cima de ti o branco da nulidade.
Seus filhos, com outras verdades, dizem:
"Morreu, está morto!"
"Ao que se foi, foice!"
Como se não tivesses sido nada
como se não tivesses feito nada
como se não tivesses valido nada
ignoram sua vida como se o que são
e o que serão não fossem o que de ti veio
eixo mola transfusão.
Todos só pensam no quinhão de ouro que deixaste
de resto, para que lembrar
guardar na mente?
Ignoram o barro de que foram feitos
e constroem novos alicerces
que não poderão abrigar ninguém
falta a liga, a água da sua fonte.

Extenuado
vê-se um único filho tentando salvar
a arca que tu legaste.
Mas a força da ventania
e esta chuva forte
levam tudo para longe.

Pode, talvez, um milagre fazer viajarem estas lágrimas
e a dor deste filho para o centro
daquilo que impulsiona a criação.

Para os outros:
mutilação
silêncio
despoesia.

Faz. 7 Cachoeiras, 24 mar. 2016.

23.

Abro meus olhos e o que vejo é a parede.

Nada trará meu pai de volta
mas eu visitarei seu retrato
contarei suas histórias
viajarei suas viagens
abraçarei as festas que ele deu
com a sede e a fome da saudade
comerei o que ele pôs na mesa
me aquecerei nos abraços que ele deu
andarei seus passos
amando a natureza por ele.

Tudo não será demais se
dentro de mim ele fizer hordas de vida
e de alegria
dedilhando sobre mim uma sinfonia que jamais
terá fim
até que nos encontremos
nós dois
dois retratos sobre a escrivaninha.

31 mar. 2016.

24.

Eu não pensei que seriam doze dias a distância
entre
nosso último abraço e a morte que nos
separaria.

Eu lhe dei dois abraços
dois estreitos abraços
e ao encostar meu peito ao seu
pude, ainda que de relance
sentir seu coração apressado
o meu, eu sei, queria fugir de mim.

(Você disse coisas
que sempre dizia quando
nos despedíamos
coisas que me farão bem
pelo resto da vida
para sempre abençoadas.)

(Você queria ir à praia comigo
quando eu voltasse
e eu concordei porque era bom estar
ao seu lado em qualquer viagem.)

Por que ninguém sabe a hora que é a hora?
A hora que não se mostra
a hora que para a hora
a hora da hora vã?

Invalido o que de ti se foi de mim
mas não o que ficou em mim
o que me acelera por
dentro
o que me faz escrever este poema
todos os poemas.

Foram somente doze dias
que estarão comigo para sempre
porque o para sempre é o que mais fica
o que mais nos infinita.

Voando de BH para SP, 18 abr. 2016.

25.

O nome do pai
abundância
o nome do pai
fartura
o nome do pai
família
o nome do pai
viagem
o nome do pai
coragem
o nome do pai
valentia
o nome do pai
tenacidade
o nome do pai
perseverança
o nome do pai
sacrifício
o nome do pai
amor
o nome do pai
amizade
em nome do pai
liberdade liberdade liberdade.

São Paulo, 20 abr. 2016.

26.

Quando nos despedimos
e novembro completara quinze dias
perto de virar o ano de 2015
ele me disse:
– Meu filho, quando você voltar dos Estados Unidos
vamos fazer outra viagem ao Nordeste?
– Vamos, sim, papai!
Resposta selada por dois fortes abraços
tão fortes que ainda posso sentir
o estalar dos nossos ossos e
o calor da antevisão da viagem.

Chicago, 14 jul. 2016.

27.

Era um sábio o homem que me pôs aqui!

Seus olhos pastavam a fazenda
com o indefectível cigarrinho de palha e fumo de rolo.
Seus passos andavam conosco por ela
mostrando plantas, animais.
Ensinando seus nomes, explicando os cipós e suas curvas
apontando no alto das palmeiras os pássaros que vinham
todos os dias receber o alimento de suas mãos.

Era um sábio o homem que me pôs aqui!

Quando íamos para lá
adoçava nossas bocas com o doce que fazia
do leite de suas vacas
o que saliva
a memória dos que dele provaram.

Traçando este retrato do retrato
desperto
revigoro o que de longe vejo tão de perto.

Era um sábio o homem que me pôs aqui!

Chicago, 4 ago. 2016.

28.

(Alguém me traga um bolo para eu ficar de pé!)

Mais que este vazio
posta à minha frente a verdade que não quero ver
o vazio onde não caibo.

Não posso mais falar das coisas que eu vejo
você não está mais por aqui.
Eu toco no mundo e ele dói,
como se me tivessem cortado pulsos e pernas.
As horas demoram desde o depois do depois.
Pararam os ponteiros do relógio da parede.
O vento? Você levou.
Eu queria que ele me levasse até você
para deitar no seu colo a criança
que nunca deveria ter crescido.

Agora todos os dias são só meus.
Mas o que posso fazer com eles?
Nem sei parar de fazer o que faço e que está me matando.
Ai! Um caco de vidro atravessa minha sandália e
se crava em minha carne.
Tiro-o, mas fica aberta a chaga.

Chicago, 4 ago. 2016.

29.

Aceitou-me
como se aceita uma doença sem cura
conduziu-me para um novo tempo
como estrada sem bifurcação
esquematizou aclives para eu subir
defendeu-me deles e delas
adiantou-me ângulos que eu não supus existirem.

Aceitou-me: Meu filho!
Aceitei meu nome
o nome que ele me dera
o mais bonito dentre todos
os nomes nascidos de sua carne.

Eu o feri como leões ferem suas presas
tinha fome, homem maior de mim!
Eu o amaldiçoei certos dias
eu fui embora
mas, pródigo filho, voltei!
E abri a porta com a chave que ele nunca tirou de mim.

Queria cobri-lo de rosas brancas
abraçar mais seu corpo
esquecer-me nele como se esquecem delicadezas.

E agora que este silêncio ecoa tanto em mim
elaboro ângulos de tortura para meu corpo
açoito-me todos os dias
buscando-o
mesmo quando — sei — ele todo está aqui
posso
ouvir sua voz
sentar-me à mesa com ele
encher de delícias nossos pratos.

Me arrependo me arrependo me arrependo.

Aceitei-o
carregando seus passos
rumores humores amores
alegrias tristezas
tudo dentro de mim
esgotando-me
fazendo-me maior do que tudo
naquilo que nele amo
naquilo que em mim veio dele
naquilo que juntos criamos.

Aceitou-me como se aceitam beijos de quem se ama
aceitou-me como se aceitam versos dos poetas
aceitou-me como se aceita a roseira os seus espinhos
aceitou-me como se aceita a estrada que não se sabe
aceitou-me
acatou-me
acolheu-me
acalmou-me
acomodou-me
assim, calmamente
como se tudo fosse normal
inclusive feito pássaros que derramam serpentes e sapos do céu
inclusive amor.

Aceitou-me, e basta!

Chicago, 4 ago. 2016.

30.

Alguém sopra no meu rosto.
Abro os olhos.

Estou vestido com a jardineirinha que mamãe fez pra mim
indo te encontrar no paiol.
Venta. Mas meus cabelos não voam.
Você, sentado sobre o monte de espigas
me chama para o seu lado.
Diz que estou bonito com a nova roupinha.
De cabeça baixa, digo: Mamãe está chamando.
Me dá sua mão
vem comigo para o banho de depois da lida
a comida está quase pronta.

Depois posso me deitar na sua cama?
Você me conta histórias?

(Preciso das suas histórias
sem elas não vejo longe
lá onde minha mente quer alcançar.)

Depois você deita sobre mim a coberta que a vovó fez
beija meu rosto e me segura a mão até eu dormir
até meu sono se encontrar com o seu?

Chicago, 14 ago. 2016.

31.

Não sobrou nada, pai!

Você levou tudo o que tínhamos
você foi egoísta, pai!
Não disse que os dias sem você
poderiam doer tanto.

O que tentou passar para nós
agora está no Deus Jesus amém o tempo todo dia noite noite dia
sem vírgulas
ficou tudo bobo sem
tudo sem.

Não, o retrato que nos deu
tiramos da parede.
Não tiramos por querer, pai
foi por pobreza infinita do não assimilado.

Por aqui, em mim, ando aloprado por dentro
um sem saber para onde vou nem como
cheio de dúvidas e de desafios por cumprir
num despenhadeiro de pregos e navalhas
de noite é quando tudo fica mais escuro
não durmo.

Pai, eu tenho medo de ficar surdo
eu não estou ouvindo bem
como poderei ouvir a sua voz?
Fala comigo, me diz onde fica a nova estrada
ilumina minha vida com sua luz.

Você tentou avisar sobre o que estava por vir.
Nós, tolos, não percebemos
e fizemos planos — concluídos — de desencontro.
Onde está você, cadê o seu sorriso, o seu abraço?
Diga-me coisas bonitas, pega na minha mão,
ensina-me a escrever outra história, sem você
eu não sei.

Chicago, 28 ago. 2016.

32.

Para reconstruir meu pai
começo pelos pés, pelo apoio
vou esculpindo-o em cera de abelha
espeto paus que tirei no quintal
formo as curvas da batata da perna
a entrância dos joelhos
levo ao forno para que se fixem
mas tudo se derrete...
Amanhã continuo.

Continuo a traçar o que minha memória
toda esperta vai alertando
e esculpo de novo
aquelas partes até chegar à bunda
ao sexo, vou criando o umbigo e quase
já dou vida a ele
mas o peito me exige destreza que um aprendiz não tem
devido ao coração
vou tateando aqui, ali, puxando força na mente
levo-o ao forno depois de juntar todas as partes até agora.
Descanso.

Faço os ombros com força, para sustentar tudo o que pode
mas deixo os braços para o fim
vou para a cabeça
lanço olhos agudos
lábios carnudos
nariz orelhas queixo dentes cabelos
os cabelos crespos
em que nunca passei as mãos
(nada tem cor na cor do barro)
levo tudo ao forno outra vez.

Descanso três dias preparando-me para os braços
dou uma tarde inteira para o primeiro
forte imenso bruto
com mãos grandes, porém macias
as veias, os pelos.
Junto ao corpo.
Outra vez, forno.
A um passo do fim, preciso de novo descanso.

Para a última parte do corpo
dois dias de trabalho. Muito cansaço.
— Construir um homem demanda muita aventura e coragem —
Terminado, juntei todo ele, colei, prendi
deixei queimar por dez dias
até ficar resistente

Limpei com todo cuidado, lixei, poli, pus de pé
flertei com ele. Algum esboço de sorriso se via.
Recriei o homem que me criou.
Mas como eu não sou Michelangelo
percebi todas as falhas.
Falhas que tenho agora
cravadas pelos beirais de mim
na alcova em que resíduos são postos de todo lado
em que a aposta é de outro delírio.

Meu pai está de volta
Botei-o na praça.
Ah, os pombos, sempre dão por ali!
Finquei-o no pedestal mais alto.

Todo dia passo diante dele e me curvo.
Nós dois, mestres um do outro.

Com afinco,
a cada vez que eu passo por ele,
aprumo o meu andar,
vejo que mais e mais de mim ele exige.
Somos inteiros e unos.

Mas até quando os meus alicerces de barro sustentarão
meu corpo que já envereda por sombrias cavernas?

Chicago, 29 ago. 2016.

33.

Concentrei-me na sua morte
para não perder o foco da vida.

Você estava fugindo para
dentro, pai
cada vez mais para dentro
embrenhando-se no mato
para o mais longe do homem
cavucando seu novo e final caminho
o caminho do desligar-se
do não haver volta.

Ninguém conseguiu ler o seu
dentro, pai
convulsionados de cidade
eles, os que o conheciam
não perceberam sua busca.

Você já não falava muito
observava, espectador de um mundo que
não dera conta de transformar.
Sua prole e mulher
estão lá, perdidos em seus
mundinhos medíocres
sem ter como respirar.

Você não reagia mais às brigas da prole
observava com a lucidez dos sábios e dos rústicos
e quando a coisa azedava de vez
esboçava um semissorriso
franzia a testa
com o olhar levado aos céus
como se acreditasse que algum milagre
viesse arrancar de si aquela dor do outro
que não queria sentir
e voltava-se mais para

dentro
desaparecido por uma semana ou mais
e nesse descaminho para o caminho
você nos deu sua morte
para nos salvar
como se salva um animal que agoniza de vida
como se toda força estivesse
dentro de você
e se tirasse dela
o último sopro
antes de a luz
se extinguir.

Chicago, 21 set. 2016.

34.

Quando em pequeno
lá na Fazenda Bálsamo
papai, em dias de folga, dizia:
— Filho, vem comigo tirar mel.
Eu ia feliz
carregando a grande lata.

Ele já sabia o local exato
marcara na mente
o lugar da colmeia.
É que quando
a cavalo, ele passava pela mata
prestando atenção
nos sons
nos insetos
nos pássaros
nos bichos.

Sabia onde um tatu
uma coruja; um ninho de pomba-rola
um enxame de abelhas; um pau-ferro
um jatobá; pé de murici, de mangaba.

Chegando, punha fogo no chumaço de pano
enrolado no pau que trouxera
e em alguns movimentos de pajé
punha todas as abelhas tontas.

Eu, de pé, bem espigado
punha os olhos e a atenção
no que ele fazia.

Quando tirava o primeiro favo
dava-o a mim
eu me sentava e me fartava.

Depois, ficava de cócoras
com a lata para ele depositar
os favos.
(Tinha vez que ela ficava bem pesada.)
Ele a levava num dos ombros
e tomávamos o caminho de volta.

Mamãe nos esperava
na frente da casa
feliz e feliz.

Sentávamos os três
em cadeiras formando um triângulo
e íamos espremendo os favos com as mãos
sobre um pano branco
acima de uma bacia.

Mamãe já tinha as garrafas limpas
e secas para receber o espesso líquido.
Plenas, papai punha as rolhas de buriti
preparadas na véspera.
Tudo ia para a prateleira da cozinha.

Mas o melhor ainda viria.
Papai, escondido de mim
pegava toda a cera, lavava
deixava escorrer a água e
no dia seguinte, me dizia:
— Tenho um presente para você!
pondo em minhas mãos
bolas de cera de abelha.

No alpendre, sozinho
eu modelava homenzinhos e
passava o dia brincando com eles
nos currais de gravetos e bois
de ossos que eu criava.

O mundo exalava quietude e paz.
Nunca fui mais
feliz do que isso.

12 nov. 2016.

35.

O mundo dela está partido.
Quando arranca o véu da casa
amplifica o céu
que não lhe cabe, mas vê
no azul-escuro, quase preto
alguma incontinente arquitetura
que lhe fecha a cara.

E ela, entorpecida de dor
liberta-se das amarras da ausência
— ainda que com muito esforço —
e vê uma luzinha bruxuleante
pairando diante de seus olhos.

O seu mundo novamente se enfeita mas
já não há mais tanto riso
já não há mais tanto tudo
e ela, assim, em todos os novos dias
vai levantando o véu da casa
até ser coberta de céu e de nuvens.

Diverte-se com as nuvens.
Tornou-se leitora de nuvens?
Não, desde sempre foi.
Ontem mesmo viu na porta do filho
um gafanhoto verde.
Imediatamente olhou para o céu
e ele se fez azul-celeste.

Seu mundo está partido
mas há nuvens como alento e muito céu.
Uma vastidão.
Ela nunca mais quis telhas
ou trancas na casa.

Esse mundo agora é todo seu:
do azul-celeste ao azul-escuro
e de um tom para o outro.

Casa da família, Brasília, 19 nov. 2016.

36.

Pode deixar a tevê no maior volume
fumar cigarros de palha
com fumo de rolo
até o quarto ficar envolto em neblina
pode chegar no sábado
e ir embora na segunda-feira.

Pode tudo agora
Liberou geral
mas parece que você não nos ouve.
Por que você não nos ouve mais?

Vem, faça uma festa para nós
prepara as comidas de que gostamos!

Vem, não nos deixe esperando!
A chuva pode vir
tudo pode escurecer.

Vem, cuida de nós.
Mas este silêncio
mas esta ausência
mas este não chegar
como eles sobressaltam nosso peito
assim, ficamos assim desse jeito
que você vê.

Faz um ano que sua estrela da tarde
brilhou para nós.
Faz um ano que a gente
não tira os olhos do céu.

27 nov. 2016.

37.

Das cartas de amor
do meu pai para minha mãe
experimento na memória toda a alegria
de quando as recebia
e as lia para nós.

Ela sabia que nada saíra de sua pena
as irmãs dele
as manuscreviam.
Mas eram para ela aquelas linhas
ditadas pelo amor.
O amor que conhecera tão menina.
Aos treze.

Mas um dia ela as rasgou
incendiou, labaredas para a dor
que dele vieram
feriram o seu amor.
Um outro amor para ele
e que ela não aceitou.

Que tom elas tinham?
Que finezas de linhas
fizeram-na acreditar no que ele ofertava?

Elas ainda estão guardadas
na memória da menina
como um brilhante
onde já não há luz nem pode mais haver.

E o tempo segue
enquanto todos vão apagando
rastros no silêncio da poeira das estradas
e ela — agora sem ele e sem as cartas —
debulha de memória
as palavras ditadas pelo amor.

Eu, o primeiro filho consumado por aquelas cartas de amor
sem nunca decifrar esses mistérios
ao pensar nelas
renasço para algo que ainda não foi escrito.

Casa da família, Brasília, 13 jan. 2017.

38.

Certa feita, num bar
lá pra longe no tempo
uma mulher vendendo uma rifa
chegou para incomodar quem
naquela hora bebia.

Restavam poucos nomes na cartela.
Na brincadeira meu pai disse:
Somos quatro
quatro, os nomes
escolham um cada um
eu fico com o que sobrar
e a moça há de abrir aqui
pra afugentar de nós a curiosidade.

De gole em gole
quero Epaminondas
disse o primeiro
Angélica, o segundo
Haroldo, o próximo
restou Maria...
Quatro golpes de olhos
pousaram na mulher
que timidamente
foi desenrolando o papel onde
um nome estava escondido.

"Não é possível!" a quatro vozes.
Que sorte! O último ficou sendo o primeiro.

Minha mãe
outra Maria
sorridente
pôs sobre a colcha de chenile azul
a boneca Dorminhoca vermelha.

Chicago, 30 abr. 2017.

39.

Papai me passava a vara pequena
que ele tirara do bambuzal em frente de casa.
Punha uma linha curta — o córrego era raso
e de peixes tantos.
Lambaris, eram lambaris o que pescávamos.
Chegávamos
Sentávamo-nos no barranco
com os pés dentro d'água.
Ele lançava o anzol.
Eu via seu gesto e o repetia.
Nenhum de nós se olhava.
Apenas para a água.
Sempre em silêncio
— Peixe não vem no barulho, dizia.

Depois, uma alegria ver os peixes
rabeando no ar.
Em pouco mais de uma hora
a cesta cheia.
Levantávamo-nos e íamos enrolando a linha na vara.
Ele pegava a cesta, punha no ombro
junto da sua vara, eu fazia igual.
Daí, ele pegava na minha mãozinha
— sumida dentro da sua —
e caminhávamos de volta para casa.

De longe, víamos mamãe acenando.
Ela e ele iam logo limpar os peixes
que ela fritaria dali a pouco.

Era tão bom ter alimento assim
vindo de nosso próprio esforço.

O mundo desandou.
Nunca mais pesquei.
Nunca mais fui menino.
Nem sei mais onde meu pai agora pesca.

Chicago, 17 jun. 2017.

40.

Congelaram meu caminho naquele novembro.
Por isso ando suspenso por cordas invisíveis
entre fétidos odores
que vêm das rosas murchas do que antes tinha sido jardim.

Ontem um ancião passou pela minha janela
depois acenou de longe
como quem pensasse que eu era o meu pai.
Herdei a casa.
Talvez fosse um amigo dele.
Não conheci todos.

Não retribuí o aceno. Fiquei olhando
como quem tem a vista morta.
Foi andando ligeiro até chegar à esquina.
Antes, olhou-me uma última vez
depois entrou no armazém do seu Faquineu
que estava na porta
e também olhava para mim.

Tiveram contato com meu pai.
Eu não soube disso antes.
Fui embora nem bem tinha começado
a formar as histórias da minha vida.
(Algo dentro de mim me diz que eu preciso
rebobiná-las e passar o filme todo
para que se complete a minha formação.)
Enquanto penso nisso
com os braços apoiados no parapeito da janela
duas mulheres, de preto, de braços dados
passam pelo outro lado da rua.
Param quando alcançam a altura da minha casa
viram-se quando me veem
e continuam o passeio.
Não as conheço.

Está muito quente.
Os paralelepípedos estão brilhando
cachorros sem dono brigam por um osso
arremessado pelo açougueiro da rua de cima
o senhor Virgílio.

Vejo que estou sozinho.
Mais sozinho do que numa ilha.
Mas numa ilha ainda pode chegar gente.
Eu não tenho mais ninguém para esperar.

Desapoio os braços do parapeito
volto a olhar para dentro:
uma enorme caixa sobre a mesa da sala.
Meu pai a deixou
junto com uma carta.
Não li a carta nem abri a caixa.
Não aprendi a olhar para trás.

Quando eu morrer
não me preocupa para quem ficará esta casa
tampouco as coisas que estarão lá dentro.

Nada importa.
Importar seria retroceder, tentar descobrir coisas
alimentar sonhos e vícios.
Não, não penso nisso.
Minha mente está limpa
totalmente fresca para nenhum sentimento.

Vou para o quarto
e sem retirar a roupa
deito-me na cama.
Estou cansado, muito cansado.
Fecho os olhos sem dar por isso
e logo começo a sonhar:
piso numa estrada de vidro
e ela se rompe
precipitando-me no abismo.

Chicago, 5 jul. 2017.

41.

Estou levando meu marido para morrer.
Saímos logo depois do almoço.
O sol anda alto.
O dia é quente.
Ele deita-se em meu colo
e me leva a algum transe sem êxtase.
O motorista que nos conduz
aposta na pressa.
A paisagem fica impressionista.
Quando ele pediu para mijar
desci na frente
peguei no seu braço
ele ergueu o olhar para o horizonte e deu um suspiro.
Seguimos.

S/data.

42.

Não pude tirar da morte a vida do meu pai.

Há umas cores na noite que ainda me assustam.

S/data.

43.

Pai, me dê a posição das horas
para o braço que se ergue
para a escuridão
e tece seu véu de noiva
sobre
sua escolhida.

O vento pode ventar
se ventar
a chuva pode chover
se chover
o que não pode
nem eu consinto:
este grito parado no
vento.

S/data.

44.

Eu e meus irmãos
herdamos de nosso pai
o gosto por viajar.
Até no dia de morrer
ele fez uma última viagem
de volta para casa
mas a teve encurtada
quase a 30 km do destino.
Minha mãe
agora
numa quietude de fada
assiste a seus meninos no ir
e vir infinito
um chegando
outro saindo.
Os que creem rezam pelos que se vão
os que não, que vão e voltem bem.

Eu e meus irmãos
aprendemos de nosso pai
a ter asas nos pés
viver acima da terra
não aprendemos raízes
dessas que se alastram
segurando o tronco.

Nunca ficamos aborrecidos
de tempos em tempos
o filme é novo.

Nossa mãe, esteio da casa
lá, tentando reunir os galhos.

Somos um bando de nuvens
mas o vento...

S/data.

45.

Na sua derradeira manhã
amanheceu um dia lindo na fazenda.
Ele acordou cedo
levantou-se, chamou a mulher — que dormia ao seu lado —
ela acordou, olhou para ele, trocaram um beijo.
Depois ela, antes dele, lavou o rosto
mudou de roupa
e foi para a cozinha preparar o café.
Ele seguiu o ritual da mulher
foi para a cozinha
acendeu um cigarro de palha
sentado
na grande mesa da varanda.
Logo ela chegou com o café e os pães
assados
na véspera
e o bolo de fubá, também feito por suas mãos
pôs tudo na mesa
e ele se fartou.

Olhando para o curral
viu que o caseiro já tinha apartado o gado
e começado a tirar o leite.
Tomou mais uma xícara de café
depois foi à cidade
pagou as contas, sacou dinheiro
viu a outra mulher e voltou para a fazenda.

A esposa preparou o almoço.
Comeu, disse que tudo estava como gostava.
Perguntou como é que ela conhecia tanto assim o seu gosto.
Depois de quase 55 anos de convivência
como eu não poderia saber?!, respondeu.
Olhando um para o outro, riram.
Daí uma expressão estranha nele se fez notada.
Disse, Não estou me sentindo bem
a mesma dor de ontem voltou
me leva para o hospital.
Desesperada, chamou o caseiro.
Correram para o hospital.
Não dava mais tempo.
A dor tomou seu coração lhe dilacerando o peito
e lhe arrancando a vida
bem na porta do hospital.

S/data.

46.

A morte passeia para lá e para cá.
Volta a passar por minha gente.
Sem entender muito
o que aconteceu naquele 27 de novembro
revolvo-me buscando explicações.
Atravesso o *Grande Sertão: Veredas*
A Negação da Morte
o *Doutor Fausto*.
Dialogo com a memória.
A dor e a incompreensão dela sempre se renovam.
Todos os dias os que ficaram se falam
desolados.
Estar preso a uma situação da qual não se pode sair
pela condição mesma do amor.
Retiro o corpo e a mente para longe
viajante...

S/data.

47.

Quando o pai chegava
ouvia-se antes o ronco do motor
e tremia-se de frio medo.
Tiritantes de medo, os filhos o abraçavam.
Depois, o pai, no ninho certo, deitado.
E a mãe na cozinha.

S/data.

48.

Meu pai me deu pés grandes para
que eu caminhasse longe e muito.

E olhos castanhos e claros para
que eu pudesse conquistar
a natureza, os pontos de luz
e a beleza do que ela transforma.

Mãos grandes, porém macias,
para não ferir a pena sobre
o papel.

O pensamento me deu livre.
E eu voei e voo para
onde eu quis e quero.
Se ele não pode me ver mais
— e ainda assim —
eu, pobre vate
vejo-o em mim, carne e espelho
transfigurado em alegria
na vida que dele proveio.

Sintonizo na mais alta onda da minha vida
a dele
e continuo o navegar.

S/data.

Álbum de família

5. Maria Aparecida, Edison, Ésio, Maria Alice, Elton, Léia e Israel, *réveillon*, Natal, RN, 1991.

6. Maria Aparecida, Ésio, Maria Alice, Elton, Léia, Israel e Edison, Brasília, DF, 1994.

7. Ésio, Maria Alice, Elton, Léia, Israel, Maria Aparecida e Edison na Fazenda Vereda Grande, Padre Bernardo, GO, 2005.

8. Ésio, Maria Alice, Elton, Léia, Israel, Maria Aparecida e Edison, Brasília, DF, 2013.

9. Primeiro encontro sem Edison: Ésio, Maria Alice, Maria Aparecida, Elton, Léia e Israel, Brasília, DF, 2016.

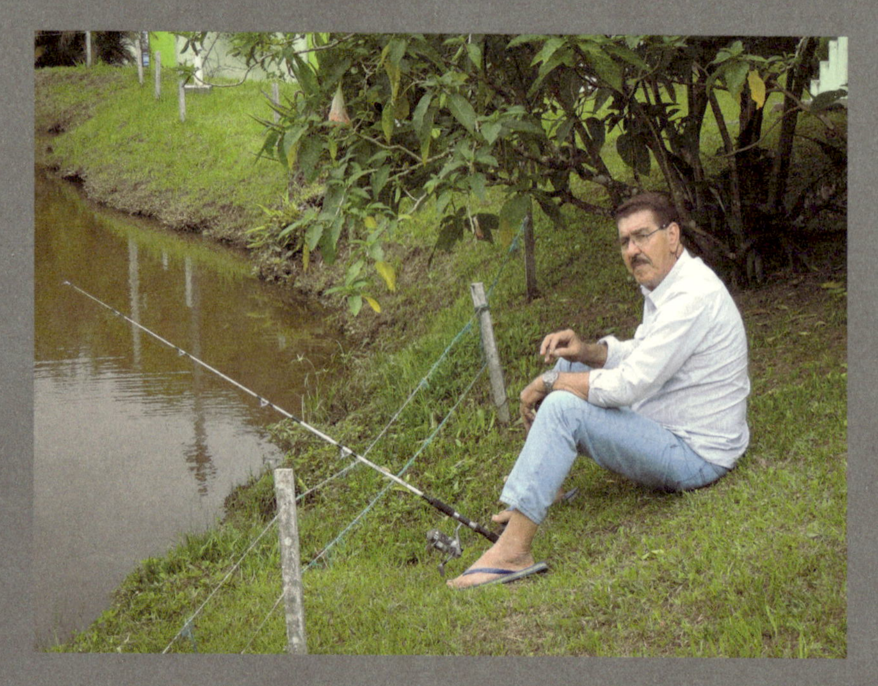

10 e 11. Edison pescando no Sítio da Mami, dos tios Izoldina e Nasser, às vésperas do Natal, Juquitiba, SP, 2013.

AGRADECIMENTOS

À Maria Aparecida Macedo Ribeiro,
minha mãe.

À memória de George Finkelstein,
meu companheiro.

À Elton Macedo Ribeiro,
Israel Macedo Ribeiro,
Léia Garcia Ribeiro e
Maria Alice Ribeiro,
meus manos.

À Edilamar Ribeiro Guedes,
Edinéia Ribeiro Guedes e
Fernanda Macedo Nasser,
minhas primas-irmãs.

À Antonio Carlos Secchin,
Gilvaldo Amaral Santos,
Jane Akemi Nonaka Aravechia,
Josimar Nonato dos Santos,
Luiz Ruffato,
Plinio Martins Filho e
Toni Brandão,
meus amigos.

À Gabriel CZ,
Pedro Ribs,
Tadeu Costa e
Thiago Teixeira,
que iluminaram este livro.

E a todos os amigos e parentes que amaram meu pai.

NOTAS

Alguns dos poemas que compõem *Presente* foram publicados anteriormente, tendo, alguns deles, sofrido alterações:

- "04." e "18." (Publicados originalmente sob os números romanos "III" e "XI", respectivamente). In: RIBEIRO, Ésio Macedo. *Pitangas & Jabuticabas* (esioribeiro.blogspot.com), 27 fev. 2016.
- "16." (Publicado originalmente sob o número romano "X"). In: https://www.facebook.com/esiomr/posts/10210032204903230, 27 jul. 2016.
- "30." (Publicado originalmente sob o número romano "XIX"). In: https://www.facebook.com/esiomr/posts/10210175944136621?pnref=story, 14 ago. 2016.
- "30." (Publicado originalmente sob o número romano "XIX"), "41." e "42.". In: *Antologia Casa do Desejo*. Org. por Eduardo Lacerda. São Paulo: Patuá, 2018, pp. 91-92.

Todas as fotos pertencem ao acervo pessoal do autor e foram tiradas por: autor não identificado (fotos 1 e 2); Edinéia Ribeiro Guedes (foto 3); Ésio Macedo Ribeiro (fotos 4, 10, 11, 12 — abacaxis, fruta preferida de Edison, 2014 — e 13 — ferro (R2) de marcar gado da família, 2019); Adelson Menezes Espíndola Jr. (fotos 5 e 6); Rafaela Ribs (foto 7); Fabiana Fernandes Ribeiro (foto 8); e Pedro Ribs (foto 9).

Romance

É o que tem. Apresentações de Toni Brandão e Ronaldo Cagiano. São Paulo: Patuá, 2018.

Poesia

E Lúcifer dá seu Beijo. Apresentação de Jorge Mautner e prefácio de Oscar D'Ambrosio. São Paulo: Massao Ohno, 1993.

Marés de Amor ao Mar. Poema-Prefácio de Marcos Bagno e ilustração de Renina Katz. São Paulo: Arte Pau Brasil, 1998. (Coleção Ah!; 7).

Pontuação Circense. Ilustrações de Almandrade. São Paulo: Ateliê Editorial, 2000.

40 Anos. São Paulo: Giordanus: 2007. (Edição de 40 ex. numerados e assinados pelo autor e pelo editor).

Estranhos Próximos. Apresentação de Luiz Ruffato. Brasília: Edição do Autor/FAC, 2008.

Drama em Sol para o Século XXI. Apresentação de Donizete Galvão. Brasília: Edição do Autor, 2011. (Edição ilustrada de 300 ex. numerados e assinados pelo autor).

Um Olhar sobre o que Nunca foi:. Apresentação de Nicolas Behr. Bragança Paulista, SP: Urutau, 2019.

Augusto 90 de Fevereiros Campos. Londrina, PR: Galileu Edições, 2021. (Edição de 31 ex. numerados e assinados pelo editor).

Ensaio

Brincadeiras de Palavras: A Gênese da Poesia Infantil de José Paulo Paes. São Paulo: Giordano, 1998.

O Riso Escuro ou o Pavão de Luto: Um Percurso pela Poesia de Lúcio Cardoso. Prefácio de Ruth Silviano Brandão e apresentação de Valentin Facioli. São Paulo: Edusp/Nankin, 2006.

Organização, edição e pesquisa

ANDRADE, Oswald de. ***Obra Incompleta*** (Caderno de imagens). Coordenação de Jorge Schwartz; pesquisa iconográfica de Ésio Macedo Ribeiro. Ligugé, Poitiers, France: Aubin Imprimeur, 2000. (Coleção Archivos; 37).

Maria Antonieta D'Alkmin e Oswald de Andrade: Marco Zero. Organização de Marília de Andrade e Ésio Macedo Ribeiro; prefácio de Maria Augusta Fonseca. São Paulo: Edusp/Imprensa Oficial SP/OLRBM, 2003.

Revista do Centro de Estudos Portugueses, organização de Ésio Macedo Ribeiro, Silvana Maria Pessôa de Oliveira e Viviane Cunha, Belo Horizonte, Faculdade de Letras da UFMG, vol. 28, n. 39, p. 9-174 ("Dossiê Lúcio Cardoso"), jan.-jun. 2008.

CARDOSO, Lúcio. ***Poesia Completa***. Edição crítica de Ésio Macedo Ribeiro. São Paulo: Edusp, 2011.

CARDOSO, Lúcio. ***Diários***. Edição de Ésio Macedo Ribeiro; apresentação de Cássia dos Santos. Rio de Janeiro: Civilização Brasileira, 2012.

CARDOSO, Lúcio. ***Diários***. 2. ed. Edição de Ésio Macedo Ribeiro; apresentação de Cássia dos Santos. Rio de Janeiro: Civilização Brasileira, 2013.

BRONTË, Emily. ***O Vento da Noite***. Tradução de Lúcio Cardoso; organização e apresentação de Ésio Macedo Ribeiro. Rio de Janeiro: Civilização Brasileira, 2016.

TOLSTÓI, Liev. ***Ana Karenina***. Tradução de Lúcio Cardoso; organização, apresentação e cronologia por Ésio Macedo Ribeiro. Rio de Janeiro: Civilização Brasileira, 2021. (No prelo).

Esta primeira edição de *Presente*, de Ésio Macedo Ribeiro,
homenageia seu pai,
Edison Garcia Ribeiro,
nos 80 anos de seu nascimento.

Foi planificada pelo autor, em tiragem limitada
de 500 exemplares,
composta com tipo Helvetica Neue Light e impressa em papel
Supremo LD 250g/m^2 (capa) e em Pólen Bold 90g/m^2 (miolo),
contendo 100 páginas em formato 15x22,5 cm.

A assessoria técnica foi realizada por Antonio Carlos Secchin;
o tratamento de imagens por Pedro Ribs (foto 1), Thiago Teixeira
(foto 2), Gabriel CZ (fotos 3, 4, 5, 6, 7, 8, 9, 10 e 11)
e Tadeu Costa (fotos 12 e 13);
a capa e projeto gráfico por Tadeu Costa;
a impressão pela
LIS Gráfica e Editora — http://www.lisgrafica.com.br;
e a edição pela Ateliê Editorial.

Cotia, SP, agosto de 2021.